古笺风雅——中国传统文化的窗口

古笺风雅

泛兰舟

刘璁 编著

浙江摄影出版社
全国百佳图书出版单位

古笺风雅・泛兰舟

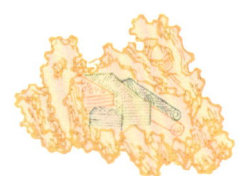

小 引

中国木版水印艺术源远流长，博大精深，笺纸正是其中最为独特的表现形式。正如鲁迅先生在《北平笺谱·序》中评价的："镂象于木，印之素纸，以行远而及众，盖实始于中国。"

笺纸的起源可以追溯到南北朝时期，经唐宋之发展，至明代中晚期最为鼎盛，又于民国初年再度复兴。笺纸因其尺幅小巧，图案精美，色彩绚丽，印制考究，向为文人雅士之爱物，因此诗文唱和，书札往来，须臾不可或缺。小小花笺之上，雕镂套印，饾版拱花，可谓颛精集雅，且集诗书画印于一纸，融自然人文于一笺，令人叹为观止，爱不忍释。

随着网络的兴起和通信手段的更迭，那些写在笺纸上的书信和诗文已基本淡出了人们的生活，但是，笺纸所传递的人文情怀及其承载的精神意蕴，仍值得今天的人们寻味。前人的风雅、气度、胸襟、情怀、幽趣，在小小笺纸中也可以找到遗迹。

有鉴于此，浙江摄影出版社撷取《萝轩变古笺谱》《十竹斋笺谱》《百花诗笺谱》《北平笺谱》《北京荣宝斋新记诗笺谱》等历代名谱菁华，编为"古笺风雅"丛书，以期向读者朋友们介绍这一传统文化。

"古笺风雅"丛书取古词牌名旨意，按笺画题材分为《醉花阴》《泛兰舟》《水龙吟》《少年游》四册，每册各择选相应笺画九十幅，并配以说明文字及赏读诗歌，所选笺纸图片均以木版水印原本或复刻本为底本拍摄制版。

本册《泛兰舟》为山水笺，收录山水、风景等主题的画笺。

"智者乐水，仁者乐山"，自古即为文人雅士所追求的境界。山水之间蕴含的天人合一、澄怀观道等审美意象，是中国古代美学的重要组成部分。

明代《萝轩变古笺谱》甫出，山水笺即冠于诸笺之首，足见其地位之崇。明代的山水笺在绘制风格上仍呈现出较多的版画特征，如《萝轩变古笺谱》的"画诗二十种"和《十竹斋笺谱》的"画诗八种""胜览八种"，其画面大多线条纤细，版心窄小，刊刻痕迹浓重，与当时书籍的版刻插图颇为近似。至晚清、民国时代，文人画入笺成为流行，戴熙、林纾、溥儒、张大千、陈师曾、陈半丁等人的山水笺均广受欢迎，此时的山水笺多写意之作，笺画色彩也更加浓重多变，充分地展示了绘制者各自的独特风格。

《泛兰舟》选择的九十幅笺纸内容丰富，囊括了戴熙、张尔康、林纾、陈师曾、溥儒、章炳汉、陈半丁、张大千等人的山水笺。本书笺画含《萝轩变古笺谱》二十幅、《十竹斋笺谱》二十二幅、《北平笺谱》二十八幅、《北京荣宝斋新记诗笺谱》二十幅，按原谱刊刻年代顺序排列，读者亦可借此对比历代笺谱在笺画图案、技法、风格上的差异。

刘璁

庚子之夏，南开园

目　录

《萝轩变古笺谱》之山水笺

塔影入云藏 /003

寒山但见松 /005

岸花临水发 /007

弱柳垂江翠 /009

竹密山斋冷 /011

野船开宿鸟 /013

云光栖断树 /015

晚雀林中度 /017

丹楼望落潮 /019

系舟接绝壁 /021

松泉多清响 /023

带月荷锄归 /025

断桥荒藓合 /027

水接仙源近 /029

楼阁倚山巅 /031

孤月浪中翻 /033

关门临古渡 /035

触石浮云起 /037

孤云带雁来 /039

女萝覆石壁 /041

《十竹斋笺谱》之山水笺

山色四时碧 /045

潮平两岸阔 /047

花远重重树 /049

琴书列几筵 /051

明月松间照 /053

窗拂垂杨暖 /055

留客听山泉 /057

钟声和白云 /059

云来宫阙 /061

玉洞桃花 /063

虞庭卿云 /065

三壶仙山 /067

玄岳藏书 /069

兰　台 /071

蠡　湖 /073

柳　下 /075

南阳庐 /077

洙　泗 /079

遗　棠 /081

南　极 /083

海　屋 /085

景　星 /087

《北平笺谱》之山水笺

茅屋双松 /091

小楫轻舟 /093

江畔垂柳 /095

山居秋景 /097

春溪放艇 /099

烟寺晚钟 /101

何时一樽酒 /103

江入秋逾白 /105

垂杨舞暮寒 /107

横塘秋意 /109

采菱洲头 /111

竹槛灯窗叹相思 /113

扁舟忽过芦花浦 /115

触石而出 /117

断桥斜日归船 /119

钓而不卖 /121

苏堤春晓 /123

四更趁月过烟汀 /125

荒村建子月 /127

秋水才深四五尺 /129

老树饱经霜 /131

步壑风吹面 /133

夕阳潭影间 /135

远色隐秋山 /137

晓烟孤屿外 /139

孤村凝片烟 /141

松籁泉声 /143

停琴待月 /145

《北京荣宝斋新记诗笺谱》之山水笺

咫尺千里 /149

元子读书山 /151

绿野清阴 /153

古塘秋晓 /155

江心泛舟 /157

云海青松 /159

无数江帆远轴飞 /161

清风徐来 /163

会当凌绝顶 /165

野旷天低树 /167

登岸还入舟 /169

松磴上迷密 /171

野旷秋先动 /173

风起洲渚寒 /175

昏旦变气候 /177

赤壁之游 /179

寒江独钓 /181

秋树读书图 /183

归去来兮 /185

江上清风 /187

《萝轩变古笺谱》是目前发现的存世最早的笺谱。由吴发祥主持刊印,明天启六年(1626),刊于金陵(今江苏南京)。共收入一百七十八幅画笺,分装上、下两册。多用白描线条,雕刻精致细腻,套色古雅沉静。内容多为文人雅好、案头清供或典故象征,涵盖画诗、飞白、博物、折赠、斗草、选石、遗赠、仙灵、代步、搜奇、龙种、择栖等主题。1979年,上海博物馆与上海朵云轩合作,开始用古法翻刻重印《萝轩变古笺谱》。1981年,经反复研究试验,数易印稿,仿古翻刻终于获得成功,完美再现了原版风韵。

《萝轩变古笺谱》之山水笺

泛兰舟

塔影入云藏

此笺选自本谱上卷"画诗二十种"其一。笺题"塔影入云藏"语出明李攀龙《五日同子相游天宁寺》,曰"灯轮侵日出,塔影入云藏"。笺画中所绘浮云以拱花(通过压印在纸面上形成浮雕效果的一项雕版印刷技术)技法印出。

李攀龙,号沧溟,嘉靖二十三年(1544年)进士,累迁河南按察使。李攀龙为明代文学大家,主持文坛二十余年,与王世贞、宗臣、梁有誉、徐中行、谢榛、吴国伦并称"后七子",他们继承"前七子""文必秦汉,诗必盛唐"的主张,倡导复古,尤以李攀龙、王世贞为魁首。李攀龙后因老母病故,悲痛过甚,亦于数月后病卒。

赏读

四海携名士,弥天得上方。
彩丝还令节,白马自开皇。
挥拂灵花里,摊经只树傍。
灯轮侵日出,塔影入云藏。
净土殊幽事,清斋复妙香。
幻知看绂冕,静欲厌词章。
薜荔来风雨,杉松接渺茫。
人间空竞渡,未解问慈航。

明·李攀龙《五日同子相游天宁寺》

寒山但见松

　　此笺选自本谱上卷"画诗二十种"其二。笺题"寒山但见松"语出南朝阴铿《晚出新亭》，曰"远戍唯闻鼓，寒山但见松"。笺画中所绘溪水以拱花技法印出。

　　阴铿，字子坚，历梁、陈两朝。阴铿少时聪慧，五岁即能诵诗赋，每日可得千言，及长，又广览史籍，尤工五言诗。《陈书》中记载，严冬某日，众宾客相宴饮，阴铿见行酒的侍者寒冷难挨，便将酒烫热后给他喝，满座哄笑，阴铿解释说，我辈每日在此畅饮，执爵之人却不知酒的味道，这哪里合人情呢？侯景之乱时阴铿被乱军所俘，却被人救出幸免于难，阴铿问其缘由，方知来人正是之前行酒的侍者。天嘉年间，陈文帝宴请群臣赋诗，徐陵举荐阴铿为新筑安乐宫作赋，阴铿提笔而就，陈文帝甚为叹服。

赏读

　　大江一浩荡，离悲足几重。
　　潮落犹如盖，云昏不作峰。
　　远戍唯闻鼓，寒山但见松。
　　九十方称半，归途讵有踪。

　　　　　　　　　南朝（陈）·阴铿《晚出新亭》

岸花临水发

此笺选自本谱上卷"画诗二十种"其三。笺题"岸花临水发"语出南朝何逊《赠诸游旧诗》:"岸花临水发,江燕绕樯飞。"

何逊,字仲言,历齐、梁两朝,诗文并善,与同时代人阴铿并称"阴何"。明张溥《汉魏六朝百三名家集·何记室集》赞其"何仲言文名齐刘孝标,诗名齐阴子坚"。

赏读

弱操不能植,薄伎竟无依。浅智终已矣,令名安可希。
扰扰从役倦,屑屑身事微。少壮轻年月,迟暮惜光辉。
一涂今未是,万绪昨如非。新知虽已乐,旧爱尽暌违。
望乡空引领,极目泪沾衣。旅客长憔悴,春物自芳菲。
岸花临水发,江燕绕樯飞。无由下征帆,独与暮潮归。

南朝(梁)·何逊《赠诸游旧诗》

弱柳垂江翠

此笺选自本谱上卷"画诗二十种"其四。笺题"弱柳垂江翠",一说见于南北朝僧人释惠标《咏水诗》,一说见于南朝诗人祖孙登《莲调》,曰"弱柳垂江翠,新莲夹岸红",又宋人释绍嵩《江上》也有"弱柳垂江翠,惊湍拍岸浮"之句。笺画之中以拱花技法凸印出远江之水波。

赏读

身外闲愁空满,眼中欢事常稀。明年应赋送君诗。细从今夜数,相会几多时。

浅酒欲邀谁劝,深情惟有君知。东溪春近好同归。柳垂江上影,梅谢雪中枝。

宋·晏几道《临江仙》

竹密山斋冷

此笺选自本谱上卷"画诗二十种"其五。笺题"竹密山斋冷"语出南朝徐陵《奉和简文帝山斋诗》,曰"竹密山斋冷,荷开水殿香"。

徐陵,字孝穆,历梁、陈两朝,幼有文才。《陈书·徐陵传》载其"八岁能属文,十二通《庄》《老》义"。其诗歌骈文辞藻华丽,时与庾信齐名,并称"徐庾"。《玉台新咏》即为徐陵编集而成。笺画绘山间一亭,旁有竹林掩映,清静幽深,山间云气以拱花法印出。

赏读

架岭承金阙,飞桥对石梁。
竹密山斋冷,荷开水殿香。
山花临舞席,冰影照歌床。

南朝(陈)·徐陵《奉和简文帝山斋诗》

野船开宿鸟

此笺选自本谱上卷"画诗二十种"其六。笺题"野船开宿鸟"化自唐杜甫《登白马潭》,原诗为"水生春缆没,日出野船开。宿鸟行犹去,丛花笑不来"。

宿鸟,即归巢栖息的鸟。笺画绘渔人撑篙行于江边,惊起群聚而栖的水鸟。

赏读

水生春缆没,日出野船开。
宿鸟行犹去,丛花笑不来。
人人伤白首,处处接金杯。
莫道新知要,南征且未回。

唐·杜甫《登白马潭》

云光栖断树

此笺选自本谱上卷"画诗二十种"其七。笺题"云光栖断树"语出唐骆宾王《春晚从李长史游开道林故山》"云光栖断树,灵影入仙杯"。云光,指云层罅隙中散漏的日光,如唐杜牧《商山麻涧》云:"云光岚彩四面合,柔柔垂柳十余家。"

赏读

幽寻极幽壑,春望陟春台。
云光栖断树,灵影入仙杯。
古藤依格上,野径约山隈。
落蕊翻风去,流莺满树来。
兴阑菊御动,归路起浮埃。

唐·骆宾王《春晚从李长史游开道林故山》

晚雀林中度

此笺选自本谱上卷"画诗二十种"其八。笺题"晚雀林中度"语出南朝王筠《和卫尉新渝侯巡城口号诗》"栖乌城上返,晚雀林中度"。

王筠,字元礼,王僧虔之孙。他七岁即能为文,十六岁作《芍药赋》,极富文名,并被梁昭明太子萧统及沈约、谢朓等名臣所看重。王筠入仕后初任尚书殿中郎,迁为太子洗马,并兼东宫管记,也做过临海太守,简文帝萧纲即位后又命他为太子詹事。侯景之乱时,其家宅受贼盗围攻,王筠惊惧之下坠井而亡。明人张溥辑《汉魏六朝百三名家集》时,录有《王詹事集》。

赏读

阊阖暧已昏,钩陈杳将暮。栖乌城上返,晚雀林中度。
屯卫时巡警,凝威肆安步。阁道趋文昌,禁兵连武库。
铜乌迎早风,金掌承朝露。罘罳分晓色,睥睨生秋雾。
维城任寄隆,空想灵均赋。伊余方病免,后园保恬素。

南朝(梁)·王筠《和卫尉新渝侯巡城口号诗》

丹楼望落潮

　　此笺选自本谱上卷"画诗二十种"其九。笺题"丹楼望落潮"语出南朝江总《侍宴玄武观》"翠观迎斜照，丹楼望落潮"。

　　江总，字总持，出仕梁、陈、隋三朝。江总幼有文采，梁武帝很赏识他，召他做侍郎。江总与尚书仆射张缵、度支尚书王筠、都官尚书刘之遴俱以才学闻名。因江总年岁最幼，得到张缵等人的推重，结为忘年交。

　　从这张笺画开始，《萝轩变古笺谱》的画诗笺由墨色而变为彩笺，设色清雅淡丽，更显天地四时之变化。

赏读

　　诘晓三春暮，新雨百花朝。星宫移渡汉，天驷动行镳。
　　斾转苍龙阙，尘飞饮马桥。翠观迎斜照，丹楼望落潮。
　　鸟声云里出，树影浪中摇。歌吟奉天咏，未必待闻韶。

　　　　　　南朝（陈）·江总《侍宴玄武观诗》

系舟接绝壁

此笺选自本谱上卷"画诗二十种"其十。笺题"系舟接绝壁"语出唐杜甫《冬到金华山观，因得故拾遗陈公学堂遗迹》"系舟接绝壁，杖策穷萦回"。杜甫所参访的"故拾遗陈公学堂遗迹"，即是初唐诗人陈子昂读书的地方，又作读书台。

陈子昂，字伯玉，曾官右拾遗，世人遂呼其为陈拾遗，为初唐时期推动诗文革新的代表人物。陈子昂少时读书于四川射洪金华山，唐大历年间，节度使鲜于叔明（李叔明）为其立旌德碑于读书堂侧。

赏读

涪右众山内，金华紫崔嵬。上有蔚蓝天，垂光抱琼台。
系舟接绝壁，杖策穷萦回。四顾俯层巅，澹然川谷开。
雪岭日色死，霜鸿有余哀。焚香玉女跪，雾里仙人来。
陈公读书堂，石柱仄青苔。悲风为我起，激烈伤雄才。

——唐·杜甫《冬到金华山观，因得故拾遗陈公学堂遗迹》

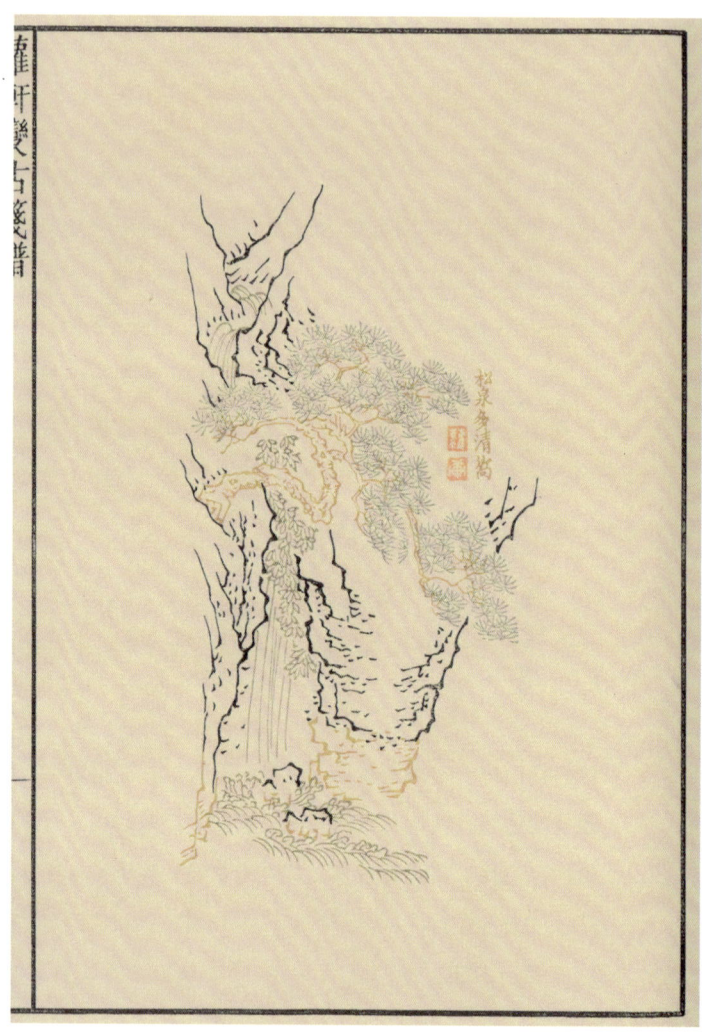

泛兰舟

松泉多清响

此笺选自本谱上卷"画诗二十种"其十一。笺题"松泉多清响"语出唐孟浩然《寻香山湛上人》"松泉多逸响,苔壁饶古意"。

孟浩然为唐代著名的山水田园派诗人,其作诗多用五言,常写山水之乐与隐居之兴。笺画所绘正合题句诗意。

赏读

朝游访名山,山远在空翠。氛氲亘百里,日入行始至。
杖策寻故人,解鞭暂停骑。石门殊豁险,篁径转森邃。
法侣欣相逢,清谈晓不寐。平生慕真隐,累日探奇异。
野老朝入田,山僧暮归寺。松泉多逸响,苔壁饶古意。
谷口闻钟声,林端识香气。愿言投此山,身世两相弃。

唐·孟浩然《寻香山湛上人》

带月荷锄归

　　此笺选自本谱上卷"画诗二十种"其十二。笺题"带月荷锄归"语出晋陶渊明《归园田居》"晨兴理荒秽,带月荷锄归"。笺画亦追陶渊明诗意,绘出清新自然的田园风光。

赏读

　　种豆南山下,草盛豆苗稀。
　　晨兴理荒秽,带月荷锄归。
　　道狭草木长,夕露沾我衣。
　　衣沾不足惜,但使愿无违。

晋·陶渊明《归园田居》其三

泛兰舟

断桥荒藓合

此笺选自本谱上卷"画诗二十种"其十三。笺题"断桥荒藓合"语出唐张祜《题杭州孤山寺》"断桥荒藓涩,空院落花深"。断桥即杭州西湖断桥。张祜,字承吉,处世清高,性格耿介,唯与杜牧相交好。张祜以宫体小诗闻名于当时,杜牧《登池州九峰楼寄张祜》曾赞其"谁人得似张公子,千首诗轻万户侯"。

赏读

楼台耸碧岑,一径入湖心。
不雨山长润,无云水自阴。
断桥荒藓涩,空院落花深。
犹忆西窗月,钟声在北林。

唐·张祜《题杭州孤山寺》

水接仙源近

　　此笺选自本谱上卷"画诗二十种"其十四。笺题"水接仙源近"语出唐孟浩然《梅道士水亭》"水接仙源近，山藏鬼谷幽"。该诗末句"再来迷处所，花下问渔舟"之画意，常与王维诗《终南山》末句"欲投人处宿，隔水问樵夫"并论。

赏读

　　傲吏非凡吏，名流即道流。
　　隐居不可见，高论莫能酬。
　　水接仙源近，山藏鬼谷幽。
　　再来迷处所，花下问渔舟。

唐·孟浩然《梅道士水亭》

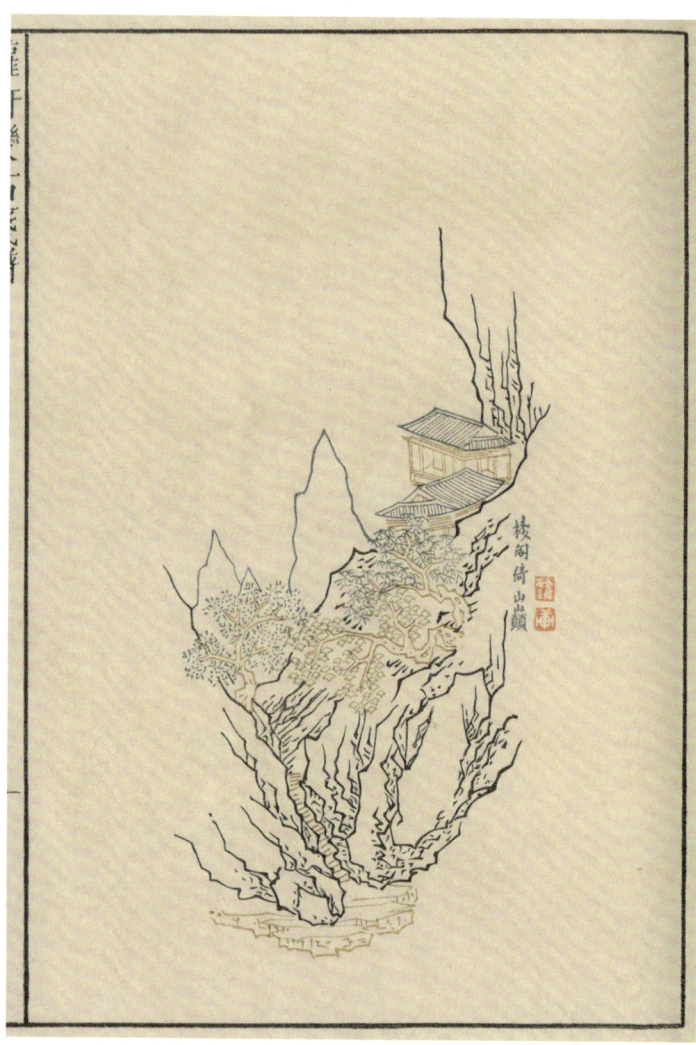

栈阁倚山巅

030 | 泛兰舟

楼阁倚山巅

　　此笺选自本谱上卷"画诗二十种"其十五。笺题"楼阁倚山巅"语出唐杜甫《陪李梓州、王阆州、苏遂州、李果州四使君登惠义寺》"莺花随世界,楼阁倚山巅",又见于南宋曹彦约《同景辅登楼约集少陵句》"云霄遗暑湿,楼阁倚山巅"之句。

赏读

　　春日无人境,虚空不住天。
　　莺花随世界,楼阁倚山巅。
　　迟暮身何得,登临意惘然。
　　谁能解金印,潇洒共安禅。
　　唐·杜甫《陪李梓州、王阆州、苏遂州、李果州四使君登惠义寺》

孤月浪中翻

此笺选自本谱上卷"画诗二十种"其十六。笺题"孤月浪中翻"语出唐杜甫《宿江边阁》"薄云岩际宿,孤月浪中翻"。笺画绘江心之月,别出心裁,将月影直接画入水中,意趣十足。

赏读

  暝色延山径,高斋次水门。
  薄云岩际宿,孤月浪中翻。
  鹳鹤追飞静,豺狼得食喧。
  不眠忧战伐,无力正乾坤。

唐·杜甫《宿江边阁》

泛兰舟

关门临古渡

此笺选自本谱上卷"画诗二十种"其十七。笺题"关门临古渡"化用自唐王维《归嵩山作》"荒城临古渡,落日满秋山"之句。此诗写王维辞官归隐途中所见之景。荒城、秋山构成一幅萧瑟黯淡的秋景图,反映了诗人苦闷凄凉的心境。

赏读

清川带长薄,车马去闲闲。
流水如有意,暮禽相与还。
荒城临古渡,落日满秋山。
迢递嵩高下,归来且闭关。

唐·王维《归嵩山作》

触石浮云起

此笺选自本谱上卷"画诗二十种"其十八。笺题"触石浮云起"出自《公羊传·僖公三十一年》。其中谓泰山曰:"触石而出,肤寸而合,不崇朝而遍雨乎天下者,唯泰山尔。"此谓山中所生云气与峰峦相碰撞,继而生云落雨之态。又晋潘尼《苦雨赋》有"气触石而结蒸兮,云肤合而仰浮"之句,晋左思《蜀都赋》有"冈峦纠纷,触石吐云"之句。

赏读

蘋藻降灵祇,聪明谅在斯。
触石朝云起,从星夜月离。
八川奔巨壑,万顷溢澄陂。
绿野含膏润,青山带濯枝。
嘉禾方合颖,秀麦已分歧。
寄语纷纶学,持笔讵必知。

南朝(陈)·阴铿《闲居对雨诗》

泛兰舟

孤云带雁来

此笺选自本谱上卷"画诗二十种"其十九。笺题"孤云带雁来"语出唐钱起《和万年成少府寓直》"一叶兼萤度,孤云带雁来"。

钱起,字仲文,为唐代宗大历年间"大历十才子"之首,诗与郎士元齐名,时人谚曰:"前有沈、宋,后有钱、郎。"钱起曾官任考功郎中,世称钱考功。

赏读

赤县新秋夜,文人藻思催。
钟声自仙掖,月色近霜台。
一叶兼萤度,孤云带雁来。
明朝紫书下,应问长卿才。

唐·钱起《和万年成少府寓直》

泛兰舟

女萝覆石壁

此笺选自本谱上卷"画诗二十种"其二十。笺题"女萝覆石壁"语出唐王昌龄《斋心》"女萝覆石壁，溪水幽濛胧"。女萝亦作女罗，即松萝，因其喜附松树上得名，常呈丝状下垂之态，或名金钱草、龙须草、过山龙。《楚辞·九歌·山鬼》中即有"若有人兮山之阿，被薜荔兮带女罗"之句。

赏读

女萝覆石壁，溪水幽濛胧。
紫葛蔓黄花，娟娟寒露中。
朝饮花上露，夜卧松下风。
云英化为水，光采与我同。
日月荡精魄，寥寥天宇空。

唐·王昌龄《斋心》

《十竹斋笺谱》初次印成于南明弘光元年（1645，清顺治二年），由十竹斋主人胡正言辑刊。合计笺画二百八十三幅，共四卷。全卷以饾版、拱花技法印制，有干、湿、浓、淡、虚、实等多种艺术效果，代表了明代雕版刻印的最高水准。笺谱主题涵盖清供、画诗、隐逸、胜览、折赠、如兰、墨友、敏学、尚志、韵叟、灵瑞等，体现了明代文人温馨、纯美的审美情趣，被鲁迅誉为"明末清初士大夫清玩文化之最高成就"。1934年春末，鲁迅与郑振铎开始主持翻刻《十竹斋笺谱》。惜第二卷尚未完成，鲁迅先生即已病逝。1941年6月，全书四卷翻刻工作终于功成，前后历时七年之久。鲁迅与郑振铎主持翻刻的《十竹斋笺谱》，可谓古代版画过渡到新兴版画时期，继承传统版画的一个典型事例。

《十竹斋笺谱》之山水笺

山色四时碧

　　此笺选自本谱卷一"画诗八种"其一。笺题"山色四时碧，湖光一望青"，似从唐人王贞白《题严陵钓台》诗中化来，其诗有"山色四时碧，溪声七里清"之句。

赏读

　　　　山色四时碧，溪声七里清。
　　　　严陵爱此景，下视汉公卿。
　　　　垂钓月初上，放歌风正轻。
　　　　应怜渭滨叟，匡国正论兵。

　　　　　　　　　　唐·王贞白《题严陵钓台》

潮平两岸阔

此笺选自本谱卷一"画诗八种"其二。笺题"潮平两岸阔，风正一帆悬"，语出唐代诗人王湾《次北固山下》。笺画绘小舟扬帆而行之景，江水波纹以拱花技法印出。

赏读

客路青山外，行舟绿水前。
潮平两岸阔，风正一帆悬。
海日生残夜，江春入旧年。
乡书何处达？归雁洛阳边。

唐·王湾《次北固山下》

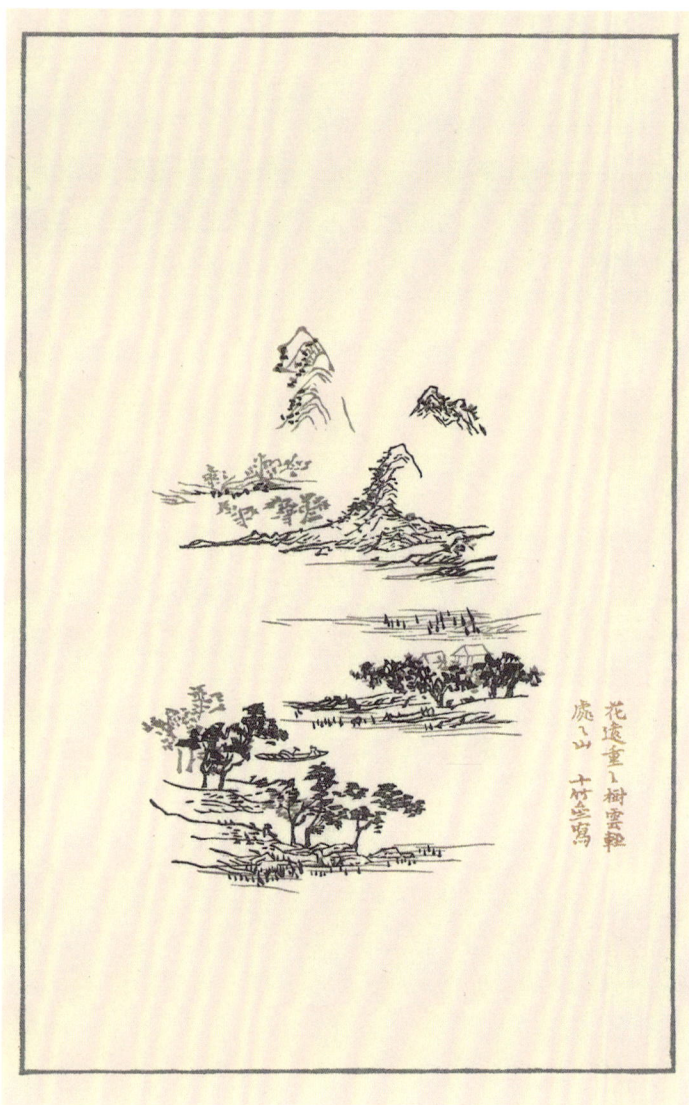

花远重重树

　　此笺选自本谱卷一"画诗八种"其三。笺题"花远重重树,云轻处处山",语出唐代诗人杜甫《涪江泛舟送韦班归京》。

　　笺画中近景、中景、远景皆备,描绘层峦叠嶂、花木繁盛之貌。

赏读

　　追饯同舟日,伤春一水间。
　　飘零为客久,衰老羡君还。
　　花远重重树,云轻处处山。
　　天涯故人少,更益鬓毛斑。
　　　　　　　　唐·杜甫《涪江泛舟送韦班归京》

琴书列几筵

　　此笺选自本谱卷一"画诗八种"其四。笺题"山水开精舍,琴书列几筵",化自唐陈子昂《夏日游晖上人房》,原诗作"山水开精舍,琴歌列梵筵"。

　　"梵筵"本为佛教用语,指佛事道场。十竹斋在制笺时可能考虑到该词与笺画主题略有不合,才以更具文人意味的"琴书""几筵"代替。古代文士常以古琴、古书等物相伴自娱,笺画所要表达的意境也正在于此。

赏读

　　山水开精舍,琴歌列梵筵。
　　人疑白楼赏,地似竹林禅。
　　对户池光乱,交轩岩翠连。
　　色空今已寂,乘月弄澄泉。

　　　　　　　　　　唐·陈子昂《夏日游晖上人房》

泛兰舟

明月松间照

　　此笺选自本谱卷一"画诗八种"其五。笺题"明月松间照,清泉石上流",语出唐王维《山居秋暝》。笺画所绘月光下的茅屋、松树、山石、流水皆十分生动,恰合王维诗意。苏轼在《东坡志林》中曾评价为:"味摩诘之诗,诗中有画;观摩诘之画,画中有诗。"

赏读

　　空山新雨后,天气晚来秋。
　　明月松间照,清泉石上流。
　　竹喧归浣女,莲动下渔舟。
　　随意春芳歇,王孙自可留。

唐·王维《山居秋暝》

054 | 泛兰舟

窗拂垂杨暖

此笺选自本谱卷一"画诗八种"其六。笺题"窗拂垂杨暖，阶侵瀑水寒"，化自唐宋之问《春日宴宋主簿山亭得寒字》，原诗作"窗覆垂杨暖，阶侵瀑水寒"。题跋将原诗中的"覆"字改为"拂"字，应当也是为了更好地与笺画图案相合，因为画中的柳树距离屋台颇远，还达不到原诗"覆"的程度，改用"拂"字更为切题。

赏读

公子正邀欢，林亭春未阑。
攀岩践苔易，迷路出花难。
窗覆垂杨暖，阶侵瀑水寒。
帝城归路直，留兴接鹓鸾。

唐·宋之问《春日宴宋主簿山亭得寒字》

留客听山泉

此笺选自本谱卷一"画诗八种"其七。笺题"入门穿竹径,留客听山泉",语出唐裴迪《游感化寺昙兴上人山院》。裴迪曾官蜀州刺史、尚书省郎,早年与王维来往甚密,同居终南山,其诗多为与王维相互唱和之作。

赏读

不远灞陵边,安居向十年。
入门穿竹径,留客听山泉。
鸟啭深林里,心闲落照前。
浮名竟何益,从此愿栖禅。
　　　　　　唐·裴迪《游感化寺昙兴上人山院》

塔影挂青漢鐘聲和白雲 十竹空寫

钟声和白云

此笺选自本谱卷一"画诗八种"其八。笺题"塔影挂青汉，钟声和白云"，语出唐代诗人綦毋潜《题灵隐寺山顶禅院》。

綦毋潜，字孝通，为唐开元年间进士，曾官右拾遗、著作郎。其诗风近王维，多写隐逸之情和山水孤寂之境。

赏读

招提此山顶，下界不相闻。
塔影挂清汉，钟声和白云。
观空静室掩，行道众香焚。
且驻西来驾，人天日未曛。

唐·綦毋潜《题灵隐寺山顶禅院》

云来宫阙

  此笺选自本谱卷二"胜览八种"其一。胜览,即览胜之意。胜览笺均于笺面中央独辟圆角长方形框,内绘仙山、洞天、亭台、楼阁等,为古代传说或现实中览胜之地,共八种。这种构图方式极为巧妙,框内小图既似壁上之画,又似窗外之景。

  笺画题为"云来宫阙"。云来为蓬莱仙山之别称,晋王嘉《拾遗记·蓬莱山》载:"蓬莱山亦名防丘,亦名云来。"故笺画所绘即为蓬莱仙山宫殿之景。

赏读

  乘蹻追术士,远之蓬莱山。
  灵液飞素波,兰桂上参天。
  玄豹游其下,翔鹍戏其巅。
  乘风忽登举,仿佛见众仙。

三国(魏)·曹植《升天行》其一

玉洞桃花

此笺选自本谱卷二"胜览八种"其二。

玉洞,为古人对岩洞的美称,亦说仙人隐士之居所,如唐人卢纶《寻贾尊师》有云:"玉洞秦时客,焚香映绿萝。"笺画所绘岩洞深幽曲折,又有小鹿漫步其间,夹岸桃花落英缤纷,正如桃花源之景。

赏读

犬吠水声中,桃花带雨浓。
树深时见鹿,溪午不闻钟。
野竹分青霭,飞泉挂碧峰。
无人知所去,愁倚两三松。

唐·李白《访戴天山道士不遇》

虞庭卿云

此笺选自本谱卷二"胜览八种"其三。

虞庭即虞廷，犹言朝廷，意指古代君王舜帝，其本姓姚，因其部落在虞地，故又称虞舜。舜为圣明之君，因此虞廷即为圣朝之代指。钱穆《国史大纲》第一章亦谈及《尚书·尧典》所述之"虞廷九官"。卿云即祥云，为祥瑞之兆。宋苏轼诗《送家安国教授归成都》有"鸣呼应籁律，飞舞集虞廷"之句，明李东阳有"笙箫本是虞廷乐，不为秋风起棹歌"之句。笺画作殿阁楼台之景。

赏读

楼船金鼓宿乌蛮，鱼丽群舟夜上滩。
月绕旌旗千嶂静，风传铃柝九溪寒。
荒夷未必先声服，神武由来不杀难。
想见虞廷新气象，两阶干羽五云端。

　　　　　　　　明·王守仁《谒伏波庙二首》其二

三壶仙山

此笺选自本谱卷二"胜览八种"其六。

三壶,古指海上三座仙山,曰方壶、蓬壶、瀛壶,因山形似壶,故而称之。传汉东方朔作《宝瓮铭》,曰:"宝云生于露坛,祥风起于月馆,望三壶如盈尺,视八鸿如萦带。"晋王嘉《拾遗记·高辛》释云:"三壶,则海中三山也。一曰方壶,则方丈也;二曰蓬壶,则蓬莱也;三曰瀛壶,则瀛洲也。形如壶器。此三山上广、中狭、下方,皆如工制,犹华山之似削成。"笺画中即绘三山景,险绝兀峭,上有楼阁,似仙人居所。

赏读

老蘗飘摇渤澥滨,偶然飞上卧闲身。
衣沾织女湔裙水,石访成都卖卜人。
九汉珠玑光夺镜,三壶宫阙气如银。
知君半是神仙骨,携我明年一问津。

明·祝允明《海槎》

玄岳藏书

此笺选自本谱卷二"胜览八种"其七。

玄岳指武当山,武当古为仙隐修行之地。明永乐时,成祖朱棣诏封其为"大岳",位在五岳之上。明嘉靖时更被尊为"治世玄岳"。笺画作山间一坳,隐约可见藏书之景。

赏读

欲识君恩重,优闲到始知。
空城聊假节,玄岳是真祠。
酒病那从起,书淫不要治。
未应千里外,片檄似风驰。

明·王世贞《偶成》其一

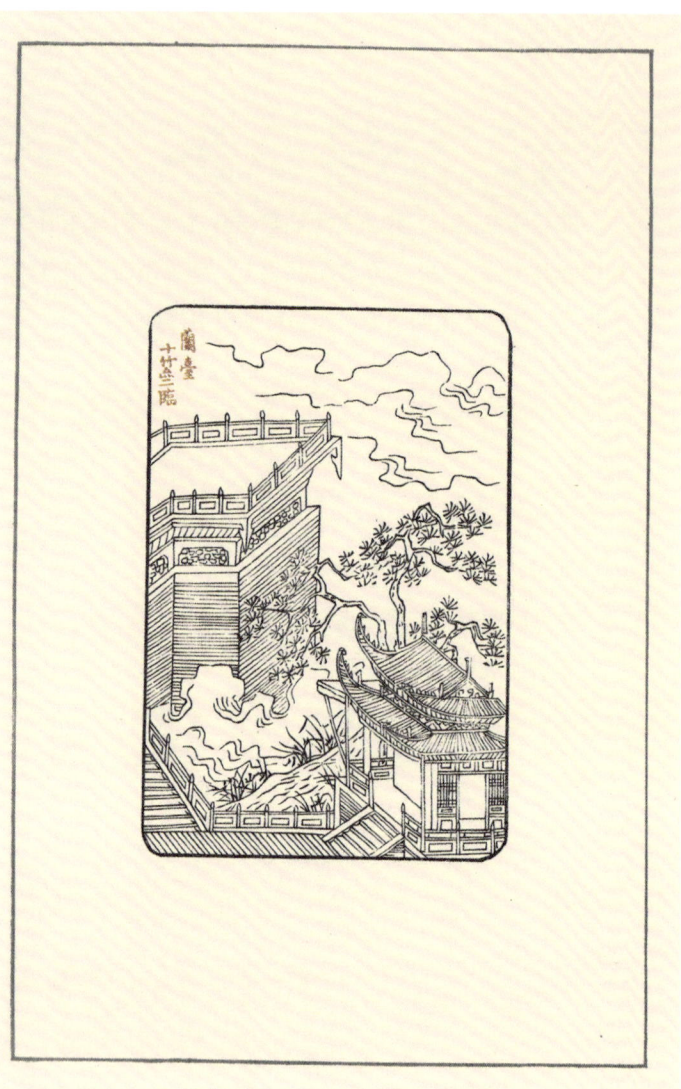

兰　台

此笺选自本谱卷二"胜览八种"其八。

兰台为战国时楚国所筑高台,上有殿宇,以收藏图书、广纳名士。汉代时将收藏宫廷典籍之处称为兰台,班固修史时即为兰台令史。南朝梁萧统《文选》中有"楚襄王游于兰台之宫"之句,南朝梁刘勰《文心雕龙·时序》亦载,唯齐楚两国,颇有文学。齐开庄衢之第,楚广兰台之宫。

赏读

庭树日衰飒,风霜未云已。驾言遣忧思,乘兴求相似。
楚国兹故都,兰台有余址。传闻襄王世,仍立巫山祀。
方此全盛时,岂无婵娟子。色荒神女至,魂荡宫观启。
蔓草今如积,朝云为谁起。

唐·张九龄《登古阳云台》

蠡　湖

　　此笺选自本谱卷三"尚志八种"其一。尚志，谓高尚之志向。

　　蠡湖为春秋时范蠡退隐泛舟之所。范蠡，字少伯，生于楚地，后投奔越国，辅佐越王勾践伐吴，拜为上将军。灭吴后，范蠡弃官远走，隐居于五湖之间，后于宋国陶丘定居经商，自名陶朱公。笺画绘湖中泛舟之景，两岸青翠，水鸟成群，有生机盎然之感。

赏读

　　彭蠡湖天晚，桃花水气春。
　　鸟飞千白点，日没半红轮。
　　何必为迁客，无劳是病身。
　　但来临此望，少有不愁人。

唐·白居易《彭蠡湖晚归》

柳 下

此笺选自本谱卷三"尚志八种"其二。

柳下,即柳下惠。柳下惠为春秋时鲁国人,本名展获,字季,又字禽,鲁国大夫展无骇之子,其封邑在柳下,谥"惠",后世遂多以柳下惠称之。史载柳下惠曾与一女子共度一夜,但坐怀不乱,不曾越雷池一步,被视为具有高尚操行男子的代表。笺画绘柳下邑村落之景。

赏读

展禽抱纯粹,灭迹和光尘。
高情遗轩冕,降志救世人。
百行既无点,三黜道弥真。
信谓德超古,岂惟言中伦。

唐·吴筠《高士咏·柳下惠》

南阳庐

此笺选自本谱卷三"尚志八种"其五。

笺画所绘为诸葛亮隐居隆中时之草庐。唐刘禹锡《陋室铭》云:"南阳诸葛庐,西蜀子云亭。"三国时,诸葛亮曾躬耕隐居于南阳郡隆中之地,故曰南阳庐。刘备曾三顾茅庐。诸葛亮与其纵论天下大势,最终答应出山辅佐他匡扶汉室。

赏读

圣贤不浪出,处士匪怀居。
孔明是何人,高卧南阳庐。
躬耕良自苦,待时故踌躇。
所为梁父吟,岂比封禅书。

元·王冕《寓意十首次敬助韵》其六

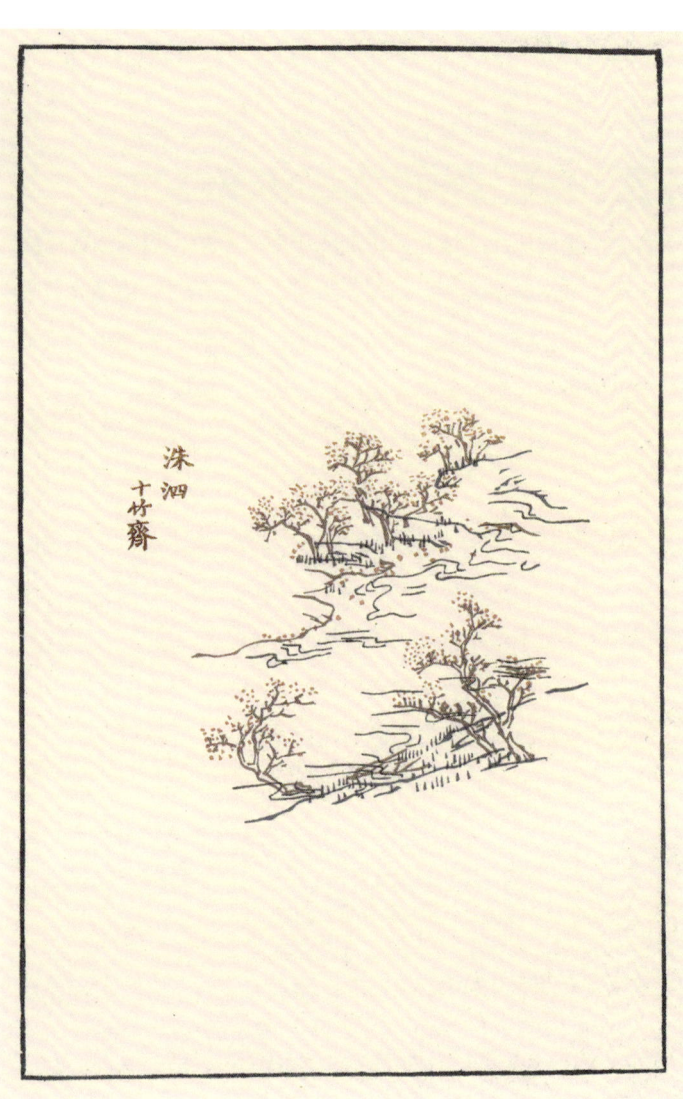

洙　泗

此笺选自本谱卷三"尚志八种"其七。

笺画绘河流及夹岸林木,题为"洙泗"。洙泗,即洙水和泗水,述孔子讲学之事。洙水与泗水均流经古鲁国境内,洙水在北,泗水在南。孔子曾于二水之间讲学,后世即以洙泗代指讲学授业。

赏读

洙泗诸生尊所闻,岂容兀者亦中分!
焚经竟欲愚黔首,亡史谁能及阙文?
吾道固应千古在,几人虚用一生勤?
世间倚相何曾乏,会与明时诵典坟。

宋·陆游《读书有感》

遺棠
寸竹山

遗　棠

　　此笺选自本谱卷四"建义八种"其六。建义，即树立忠义模范之意。

　　遗棠，典出《诗经》，谓召公奭遗爱在民之事。召公姓姬，名奭，为周朝宗室。武王灭纣后，封召公于燕地，是为燕国之始。周成王继位后，拜召公为太保，拜周公为太师，因成王尚且年幼，遂定以陕地为界，"自陕以西，召公主之；自陕以东，周公主之"。传召公治理西方时，极受民众爱戴，召公至乡里巡行时，有一棵棠梨树，他便在树下断决狱讼、处理政事，从侯爵到平民都公平视之，妥善处置，毫无偏私。召公逝后，乡民怀念其政，不许人砍伐那棵棠梨树，并作《甘棠》来咏颂他。司马迁《史记·燕召公世家》曾赞召公曰："召公奭可谓仁矣！甘棠且思之，况其人乎？"笺画作棠下亭庐。

赏读

　　蔽芾甘棠，勿翦勿伐，召伯所茇。
　　蔽芾甘棠，勿翦勿败，召公所憩。
　　蔽芾甘棠，勿翦勿拜，召伯所说。

　　　　　　　　　《诗经·国风·召南·甘棠》

南　极

  此笺选自本谱卷四"寿征八种"其二。寿征即长寿之征，笺画所绘景物均有祥瑞长寿的含义。

  南极，为中国古代的星名，或曰南极老人星，主长寿。《史记·天官书》载："狼比地有大星，曰南极老人。老人见，治安；不见，兵起。"唐张守节《正义》云："老人一星，在弧南，一曰南极，为人主占寿命延长之应。常以秋分之曙见于景，春分之夕见于丁。见，国长命，故谓之寿昌，天下安宁；不见，人主忧也。"笺画绘古南极星图，背景云纹以拱花法印出。

赏读

  衡山苍苍入紫冥，下看南极老人星。
  回飙吹散五峰雪，往往飞花落洞庭。
  气清岳秀有如此，郎将一家拖金紫。
  门前食客乱浮云，世人皆比孟尝君。
  江上送行无白璧，临歧惆怅若为分。

        唐·李白《与诸公送陈郎将归衡阳》

海 屋

此笺选自本谱卷四"寿征八种"其四。

海屋为传说中仙人堆积仙筹的房间。传说古时有三仙人相与谈，其中一仙人述道，自己每逢海水变桑田时，即在屋内下一筹码，至今筹码已满十间屋子，后遂以此代指长寿之征。宋苏轼《东坡志林·三老语》载："尝有三老人相遇，或问之年。一人曰：'吾年不可记，但忆少年时与盘古有旧。'一人曰：'海水变桑田时，吾辄下一筹，尔来吾筹已满十间屋。'一人曰：'吾所食蟠桃，弃其核于昆仑山下，今已与昆仑齐矣。'"笺画绘海上楼台，海中水波以拱花法印出。

赏读

一剑仍霜十四州，鹳鹅千队肃清秋。
毋烦更借君王箸，见说新添海屋筹。
飞去尺书为属国，颁来斗印是通侯。
还闻幕府风流事，白袷单裯狎钓钩。

明·王世贞《题画寄寿黄都督》

景　星

　　此笺选自本谱卷四"灵瑞八种"其二。灵瑞，意为上天示以嘉祥之兆，又可指代奇异的事物或景象，如《晋书·乐志上》载："灵瑞告符，休徵响震。"

　　景星，意谓德星。《史记·天官书》载："天精而见景星。景星者，德星也。其状无常，常出于有道之国。"张守节《正义》释云："景星状如半月，生于晦朔，助月为明。见则人君有德，明圣之庆也。"笺画绘景星卿云之图。

赏读

　　景星见祠，神鼎载出。煌煌赤文，以播有德。
　　经纬虹霓，屈蟠蛟螭。魑魅魍魉，莫能逢之。
　　我鼎爰获，我号爰建。以祀汾阴，光我大汉。
　　巍巍夏后，锡此实劳。阅历商周，肇见我郊。
　　敢告上穹，肆逮下土。作乐象成，百兽率舞。
　　享帝享亲，以莫弗歆。甘露是凝，昭我万龄。
　　　　　　　　　　明·胡应麟《拟汉郊祀歌十九首·景星》

《北平笺谱》由鲁迅、郑振铎合编，1934年初告成，分为六册，共收三百三十二幅画作。笺谱集合了民国时期书画名家，如林琴南、陈师曾、戴伯和、齐白石、吴待秋、陈半丁、王梦白、缪素筠等的作品，分博古笺、花卉笺、罗汉笺、人物笺、山水笺、花果笺、动物笺等类型。齐白石称其"选录者极有眼力，引为知己"。该笺谱以古法制笺，技艺精湛，被誉为"中国木刻史上断代之唯一丰碑"。

《北平笺谱》之山水笺

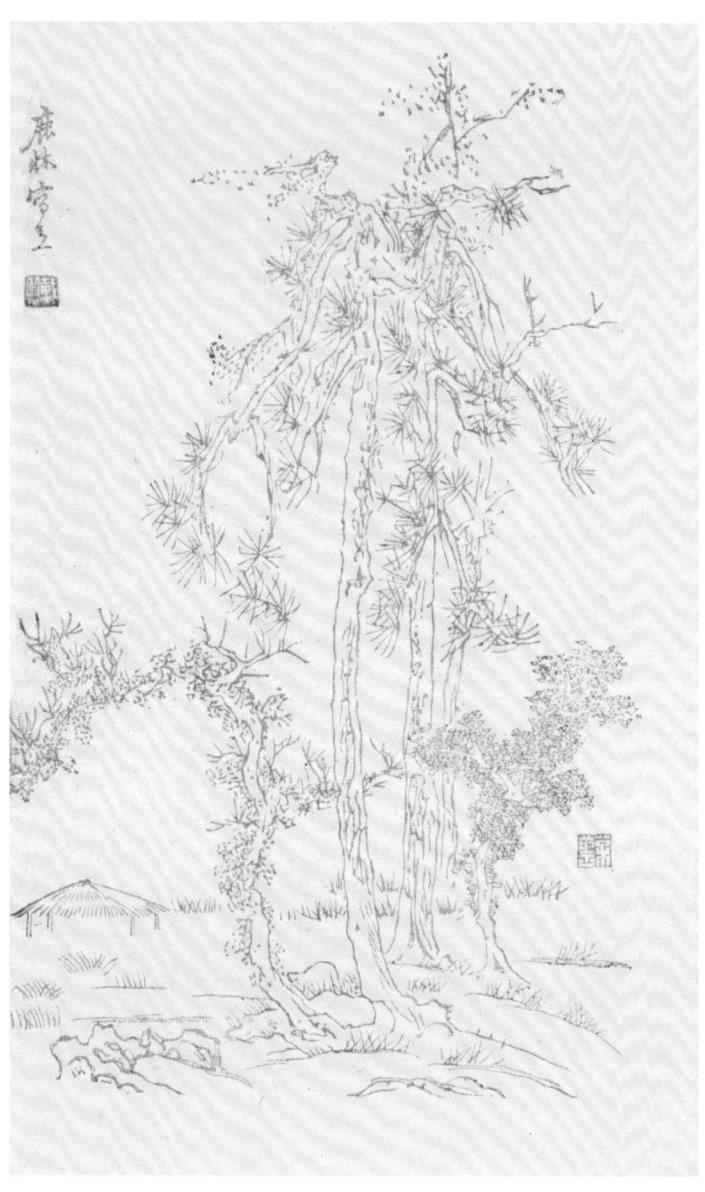

茅屋双松

此笺选自本谱第二册"戴熙山水笺四种",松华斋制,刻者张东山。

戴熙(1801—1860),浙江钱塘人,字醇士,号鹿床、榆庵、莼溪等。官至兵部右侍郎,因言得罪道光帝被贬。太平军攻杭州时,戴熙与其弟戴旭俱投水而死,被追赠尚书衔,谥文节。戴熙艺术素养极高,擅山水,其法直追宋元。《北平笺谱》收录松华斋制戴熙山水笺四幅,格调高雅,具有很强的文人趣味。笺画绘茅屋双松。

赏读

我爱君家画里峰,更看茅屋傍双松。
白云不是人间路,沧海终期物外踪。
野径一春无驻马,石潭深夜有蟠龙。
移家欲向溪边住,坐听青山日暮钟。

明·何景明《题叶邦重山水画限韵》

泛兰舟

小楫轻舟

此笺选自本谱第二册"戴熙山水笺四种",松华斋制,刻者张东山。

笺画所绘为逆水行舟图,岸边草木披纷,似有大风自左侧吹来,水中一舟逆风而行,别有诗意。落款"鹿床漫写"。"鹿床"为戴熙的别号。

赏读

燎沉香,消溽暑。鸟雀呼晴,侵晓窥檐语。叶上初阳干宿雨、水面清圆,一一风荷举。

故乡遥,何日去。家住吴门,久作长安旅。五月渔郎相忆否。小楫轻舟,梦入芙蓉浦。

宋·周邦彦《苏幕遮·燎沉香》

江畔垂柳

　　此笺选自本谱第二册"戴熙山水笺四种",松华斋制,刻者张东山。

　　笺画绘江边垂柳,树下人物似在驻足眺望远江之辽阔。笺画中部虽有大片留白,但笔无痕处却可感知江水吞天之万千气象。

赏读

　　远水平如席,远山高于枕。
　　江水吞天来,群山赴江饱。
　　江树排圆荠,江云浴烂锦。
　　横江剪一帆,削耳风凛凛。
　　回望海门烟,日出金波渺。

清·戴熙《渡江》

山居秋景

此笺选自本谱第二册"戴熙山水笺四种",松华斋制,刻者张东山。

戴熙书画俱佳,极受道光帝赏识。相传道光朝宫中很多扇面、匾额也为戴熙所作。道光帝曾委戴熙视学广东,谕其古人之作画,须行万里路。此行遍历山川,画当益进。戴熙与同时代的画家汤贻汾齐名,《清史稿》载:"清画家闻人多在乾隆以前,自道光后,卓然名家者,惟汤贻汾、戴熙二人。"

赏读

谁家亭子傍溪湾,高树扶疏出石间。
落叶尽随溪雨去,只留秋色满空山。

元·黄公望《自题秋山林木图》

098 | 泛兰舟

春溪放艇

　　此笺出自本谱第三册"尔康山水笺四种",成兴斋制,刻者杨文、萧桂。

　　笺画作者为清代画家张尔康,字绥之,生平无考,约为清代早中期人。

　　笺画题跋"春溪放艇,仿惠崇意"。惠崇为北宋僧人,兼善诗画,有《溪山春晓图》《沙汀烟树图》等传世。宋人郭若虚在《图画见闻志》中提及惠崇工画鹅、雁、鹭鸶,尤工小景,善为寒汀远渚、潇洒虚旷之象,人所难到也。此笺画亦拟惠崇旷远绵邈之画风。

赏读

　　两两归鸿欲破群,依依还似北归人。
　　遥知朔漠多风雪,更待江南半月春。
　　　　　　　　宋·苏轼《惠崇春江晚景二首》其二

烟寺晚钟

　　此笺出自本谱第三册"尔康山水笺四种",成兴斋制,刻者杨文、萧桂。

　　笺画题跋"烟寺晚钟",末署"绥山樵者",当为该画作者张尔康的别号,出自仙人葛由的典故。相传古时有仙人葛由,擅造木羊,一日乘木羊入蜀中,引王公贵族纷纷前来,追随葛由上了绥山。绥山多桃,高不见顶,那些追随者也都得道成仙,再未复还。后世又将这个故事融入"老子八十一化"中,讲老子过雪山时见一樵夫砍柴,于是佯装行动不便,樵夫葛由见状动了恻隐之心,搀扶老子翻过山岭。老子感念,就传他刻木作羊、吸气使行之法,又指点他绥山多桃。葛由大喜,驱木羊入绥山,木羊能翻山越岭,行动自如,蜀中富贾见了无不惊诧,追至山下,葛由自山上掷桃数枚,众人争食,味道极为甘美。

赏读

　　日没浮图昏,遥钟出烟岭。
　　应有未眠人,泠然发深省。
　　　　　　明·文徵明《潇湘八景》其七《烟寺晚钟》

何时一樽酒

该笺选自本谱第三册"尔康山水笺四种",成兴斋制,刻者杨文、萧桂。

笺画题跋为"渭北春前树,江东日暮云",语出唐代杜甫的五言律诗《春日忆李白》,"春前树"原诗作"春天树"。这首诗是杜甫客居长安时思念李白而作,末句"何时一尊酒,重与细论文"抒发出杜甫欲与好友重聚而不得的怅然心情。笺画亦绘此意境,山水之间,草庐之中,只有一人独坐,恰与题跋意境相契。

赏读

白也诗无敌,飘然思不群。
清新庾开府,俊逸鲍参军。
渭北春天树,江东日暮云。
何时一尊酒,重与细论文。

唐·杜甫《春日忆李白》

泛兰舟

江入秋逾白

此笺选自本谱第三册"尔康山水笺四种",成兴斋制,刻者杨文、萧桂。

笺画题跋"江入秋逾白,山当晚更青",意指江水在入秋后显得愈发苍茫,山峦也在傍晚时才更觉青翠。

赏读

每因楼上西南望,始觉人间道路长。
碍日暮山青蔟蔟,漫天秋水白茫茫。
风波不见三年面,书信难传万里肠。
早晚东归来下峡,稳乘船舫过瞿唐。

唐·白居易《登西楼忆行简》

泛兰舟

垂杨舞暮寒

此笺选自本谱第三册"林纾山水笺十种",荣宝斋制,刻者李振怀。

林纾(1852—1924),字琴南,号畏庐,别署冷红生,晚号蠡叟、春觉斋主人,是近代著名的翻译家、文学家,也是颇具影响力的一位画家。林纾自幼嗜书如命,博闻强记,诗文书画皆能,所作古文深得桐城派大家吴汝纶推重,曾任教于北京大学。辛亥革命后在北京以译书、卖文、卖画为生。林纾之画初师文徵明,后学戴熙,间窥石涛,题画诗曾云:"平生不入三王派,家法微微出苦瓜,我意独饶山水味,何须攻苦学名家?"

此笺所绘岸边两株杨柳,下有茅庐,一人凭栏远眺,远处重峦叠嶂,有寄意山林之感。笺上题句"斜日起凭阑,垂杨舞暮寒",化用自宋吴文英《菩萨蛮》。

赏读

绿波碧草长堤色,东风不管春狼藉。鱼沫细痕圆,燕泥花唾干。

无情牵怨抑,画舸红楼侧。斜日起凭阑,垂杨舞晓寒。

宋·吴文英《菩萨蛮》

108 | 泛兰舟

横塘秋意

此笺选自本谱第三册"林纾山水笺十种",荣宝斋制,刻者李振怀。

笺画作者林纾在绘画上极有造诣,尤以山水见长,他的山水画近文徵明、石涛笔意,为时人所重。林纾为荣宝斋创作的山水笺,也被认为是近代文人创作笺画的肇始,鲁迅在《北平笺谱序》中就提道:"宣统末,林琴南先生山水笺出,似为当代文人特作画笺之始。"因此,在鲁迅、郑振铎编辑《北平笺谱》的时候,首先想到的就是林纾的山水笺画。

林纾有深厚的文学修养,加上娴熟的笔墨,所作别有意趣,其笺画多以古人词句为题材。收在《北平笺谱》中的十幅林纾山水笺纸,所画均为宋人词意。此笺画一人曳杖立于泽畔,远望鸥鸟翻飞,题句"星散白鸥三四点,数笔横塘秋意"为宋代词人张炎词句。

赏读

行行且止,把乾坤收入,篷窗深里。星散白鸥三四点,数笔横塘秋意。岸箬冲波,篱根受叶,野径通村市。疏风迎面,湿衣原是空翠。

堪叹敲雪门荒,争棋墅冷,苦竹鸣山鬼。纵使如今犹有晋,无复清游如此。落日沙黄,远天云淡,弄影芦花外。几时归去,剪取一半烟水。

宋·张炎《念奴娇》

采菱洲头

此笺选自本谱第三册"林纾山水笺十种",荣宝斋制,刻者李振怀。

笺画题跋"吴宫寂寞空烟水,浑不认,旧采菱洲",用南宋词人吴文英《月中行》词意。笺画绘采菱洲头,二文士端坐山石之上,作晤谈之状。远山近景,一片空寂,有置身俗世外、志在山林间之感。

赏读

疏桐翠井早惊秋,叶叶雨声愁。灯前倦客老貂裘,燕去柳边楼。

吴宫寂寞空烟水,浑不认、旧采菱洲。秋花旋结小盘虬,蝶怨夜香留。

宋·吴文英《月中行》

竹槛灯窗叹相思

该笺选自本谱第三册"林纾山水笺十种",荣宝斋制,刻者李振怀。

笺画题跋为"竹槛灯窗,识秋娘庭院",落款"畏庐用梦窗词意写此"。这是林纾将所引词句的作者误记了。笺中所题词句出自北宋名家周邦彦的词《拜星月·高平秋思》,林纾以为的"梦窗"则是南宋词人吴文英的号。

赏读

夜色催更,清尘收露,小曲幽坊月暗。竹槛灯窗,识秋娘庭院。笑相遇,似觉琼枝玉树,暖日明霞光烂。水眄兰情,总平生稀见。

画图中、旧识春风面。谁知道、自到瑶台畔。眷恋雨润云温,苦惊风吹散。念荒寒、寄宿无人馆。重门闭、败壁秋虫叹。怎奈向、一缕相思,隔溪山不断。

宋·周邦彦《拜星月·高平秋思》

扁舟忽过芦花浦

此笺选自本谱第三册"林纾山水笺十种",荣宝斋制,刻者李振怀。

笺画绘一人摇一小舟,穿梭于芦苇荡中,意态闲适,忽然惊起两只鸥鸟,纷飞而去。题句为"扁舟忽过芦花浦,闲情便随鸥去",后署"畏庐居士写,用张雨田词意",可知此笺亦用张炎词句。林纾下笔果断而不拖沓,笔法细腻而不粗俗,笺中芦苇、人物、小舟均有浓厚的笔墨趣味。

赏读

扁舟忽过芦花浦,闲情便随鸥去。水国吹箫,虹桥问月,西子如今何许。危栏漫抚。正独立苍茫,半空飞露。倒影虚明,洞庭波映广寒府。

鱼龙吹浪自舞。渺然凌万顷,如听风雨。夜气浮山,晴晖荡日,一色无寻秋处。惊凫自语。尚记得当时,故人来否?胜景平分,此心游太古。

宋·张炎《台城路》

泛兰舟

触石而出

该笺选自本谱第三册"林纾山水笺十种",荣宝斋制,刻者李振怀。

笺画题跋"触石而出,肤寸而合,不崇朝而遍雨乎天下",语出《公羊传·僖公三十一年》,原文释祭泰山之礼,谓山中的云气与峰峦相触生云布雨,不到一个早晨便可泽被天下。笺画绘二人坐于山顶,遥指远处翻卷的浮云。落款为"畏庐居士写此并节公羊传语,庚戌十月雪中",知此画绘于1910年。

赏读

曷为祭泰山、河海?山川有能润于百里者,天子秩而祭之。触石而出,肤寸而合,不崇朝而遍雨乎天下者,唯泰山尔。

《公羊传·僖公三十一年》(节选)

泛兰舟

断桥斜日归船

此笺选自本谱第三册"林纾山水笺十种",荣宝斋制,刻者李振怀。

笺画题跋"接叶巢莺,平波卷絮,断桥斜日归船",出自南宋词人张炎的词《高阳台·西湖春感》。

赏读

接叶巢莺,平波卷絮,断桥斜日归船。能几番游,看花又是明年。东风且伴蔷薇住,到蔷薇、春已堪怜。更凄然。万绿西泠,一抹荒烟。

宋·张炎《高阳台·西湖春感》(节选)

钓而不卖

此笺选自本谱第三册"林纾山水笺十种",荣宝斋制,刻者李振怀。

笺画中近岸边柳荫下,一人坐于船上垂钓,神态安详,悠然自得,题为"钓亦不得,得亦不卖",引自魏晋隐士王弘之故事。王弘之,字方平,东晋末曾任琅琊王中军参军,后迁司徒主簿。刘宋代晋后,太祖刘义隆曾多次征召王弘之为官,但他无意出仕新朝,屡次不就。王弘之性爱钓鱼,常在上虞江(今曹娥江)名三石头处垂饵,有路人不识,曾问他:"渔夫你钓的鱼卖不卖?"王弘之回答说:"我钓不到鱼,钓到了也不卖。"每至傍晚,王弘之即入城,将所钓之鱼分留亲朋门前乃去。此笺所画正是王弘之绝意仕途、寄情山水之典故。

赏读

我是王弘之,得鱼亦不卖。
新水上查头,纶竿竟何在。

明·王世贞《为僧题画》其四

苏堤春晓

此笺选自本谱第三册"林纾山水笺十种",荣宝斋制,刻者李振怀。

笺画题跋"见说苏堤晴未稳,便懒趁、踏青人去",出自南宋词人张炎的词《真珠帘·近雅轩即事》。

赏读

云深别有深庭宇。小帘栊、占取芳菲多处。花暗水房春,润几番酥雨。见说苏堤晴未稳,便懒趁、踏青人去。休去,且料理琴书,夷犹今古。

谁见静里闲心,纵荷衣未茸,雪巢堪赋。醉醒一乾坤,任此情何许。茂树石床同坐久,又却被、清风留住。欲住,奈帘影妆楼,剪灯人语。

宋·张炎《真珠帘·近雅轩即事》

四更趁月过烟汀

此笺选自本谱第三册"林纾山水笺十种",荣宝斋制,刻者李振怀。

笺画绘山脚下一人坐于船头,仰望明月,周围芦荻萧萧,有山高月小、万籁俱寂之意境。题句为"打桨桐江看客星,四更趁月过烟汀。此中尚道先生在,才入芦花酒便醒",后署"庚戌十月雪中写此并录旧作,畏庐识",可知此笺乃是林纾根据自己的诗作而画的。

赏读

一叶舟轻,双桨鸿惊。水天清、影湛波平。鱼翻藻鉴,鹭点烟汀。过沙溪急,霜溪冷,月溪明。

重重似画,曲曲如屏。算当年、虚老严陵。君臣一梦,今古空名。但远山长,云山乱,晓山青。

宋·苏轼《行香子·过七里濑》

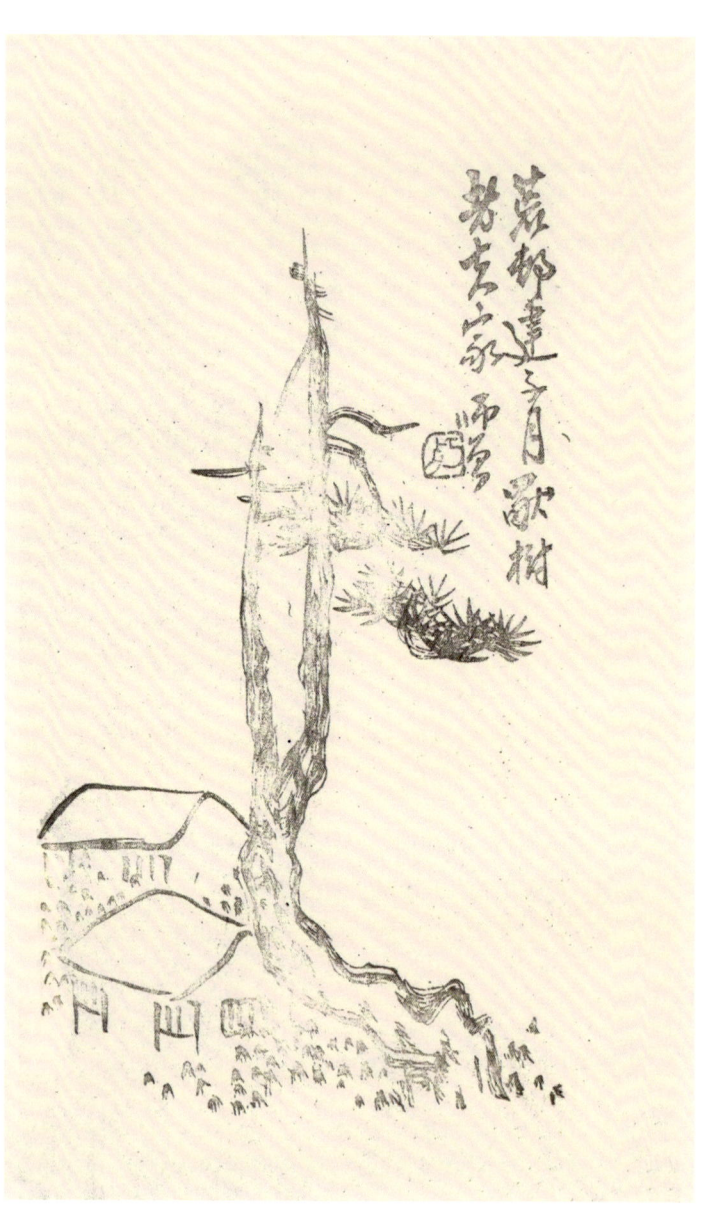

荒村建子月

此笺选自本谱第四册"陈衡恪山水笺八种",淳菁阁制,刻者张启和。

陈衡恪(1876—1923),字师曾,后以字行,号槐堂、朽道人等。陈师曾出身名门,其祖为清末维新重臣、湖南巡抚陈宝箴,父为同光诗派的代表人物陈三立,三弟为历史大家陈寅恪。陈师曾曾东渡日本留学,归国后致力于美术教育,著《中国绘画史》《中国文人画之研究》等书,与金城、周肇祥、鲁迅、齐白石等人相往来,是民国初年北京画坛的旗手人物。陈师曾擅写意花卉、山水,兼画风俗人物,曾作《北京风俗图》《读画图》等。陈师曾的绘画风格领一时之先,齐白石、丰子恺等人的艺术创作均受其影响。

《北平笺谱》第四册所收的陈师曾山水笺,均以淡色简笔为之,大拙大雅,别开一格,各笺均拟杜甫诗意绘之。

此笺画绘杜甫所居草庐,以简笔绘古松茅屋,题诗"荒村建子月,独树老夫家",拟杜甫《草堂即事》诗意,自有寂寥、静穆之感。

赏读

荒村建子月,独树老夫家。雾里江船渡,风前径竹斜。
寒鱼依密藻,宿鹭起圆沙。蜀酒禁愁得,无钱何处赊。

唐·杜甫《草堂即事》

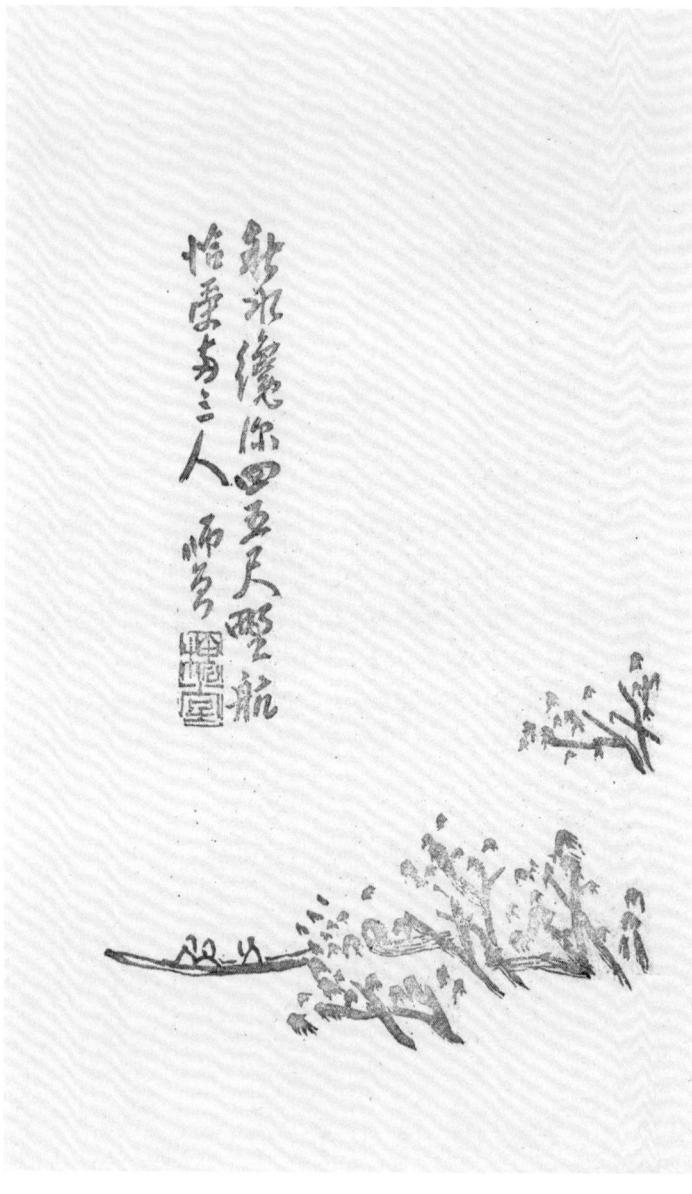

秋水才深四五尺

　　此笺选自本谱第四册"陈衡恪山水笺八种",淳菁阁制,刻者张启和。

　　笺画将景物集中于下方,绘江岸树林,三人坐小舟上悠然而行,画面空旷,有辽阔、深远之感。题诗"秋水才深四五尺,野航恰受两三人",拟杜甫《南邻》诗意。

赏读

　　锦里先生乌角巾,园收芋粟不全贫。
　　惯看宾客儿童喜,得食阶除鸟雀驯。
　　秋水才深四五尺,野航恰受两三人。
　　白沙翠竹江村暮,相对柴门月色新。

唐·杜甫《南邻》

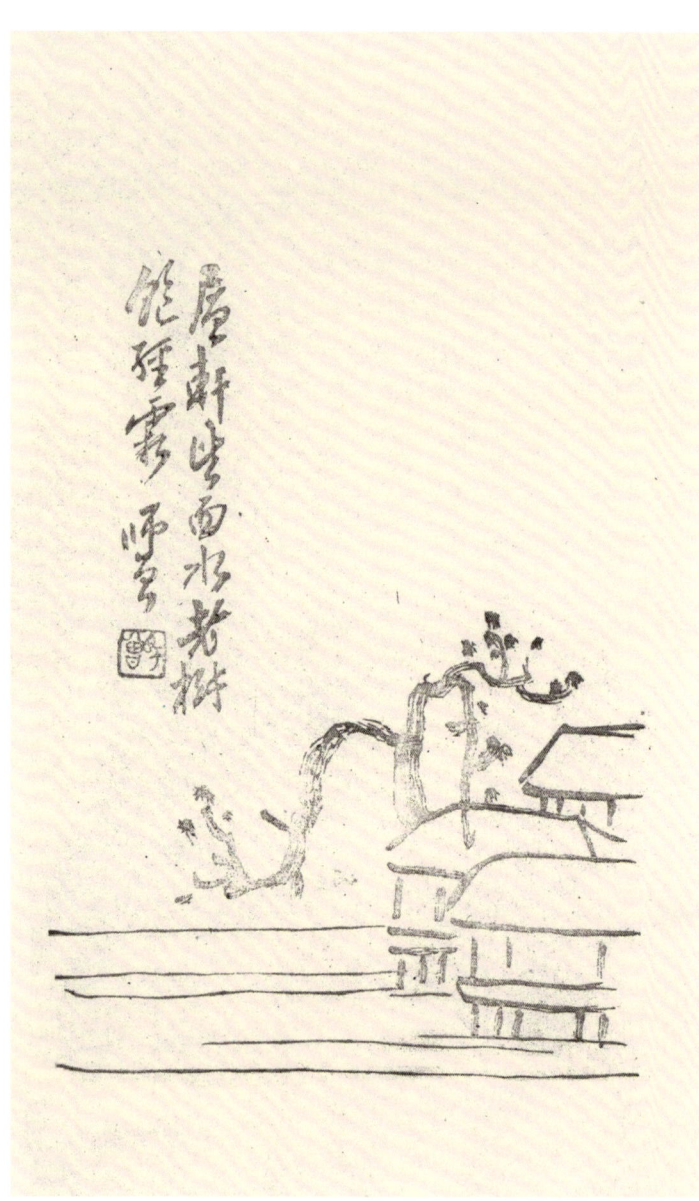

老树饱经霜

此笺选自本谱第四册"陈衡恪山水笺八种",淳菁阁制,刻者张启和。

笺画所绘临水台阁及虬枝老树,即为杜甫居成都时所住浣花溪草堂。陈师曾以寥寥数笔擦出,其笔道老辣,有简笔漫画之感,题诗"层轩皆面水,老树饱经霜",拟杜甫《怀锦水居止二首》诗意。

赏读

万里桥南宅,百花潭北庄。
层轩皆面水,老树饱经霜。
雪岭界天白,锦城曛日黄。
惜哉形胜地,回首一茫茫。

唐·杜甫《怀锦水居止二首》其二

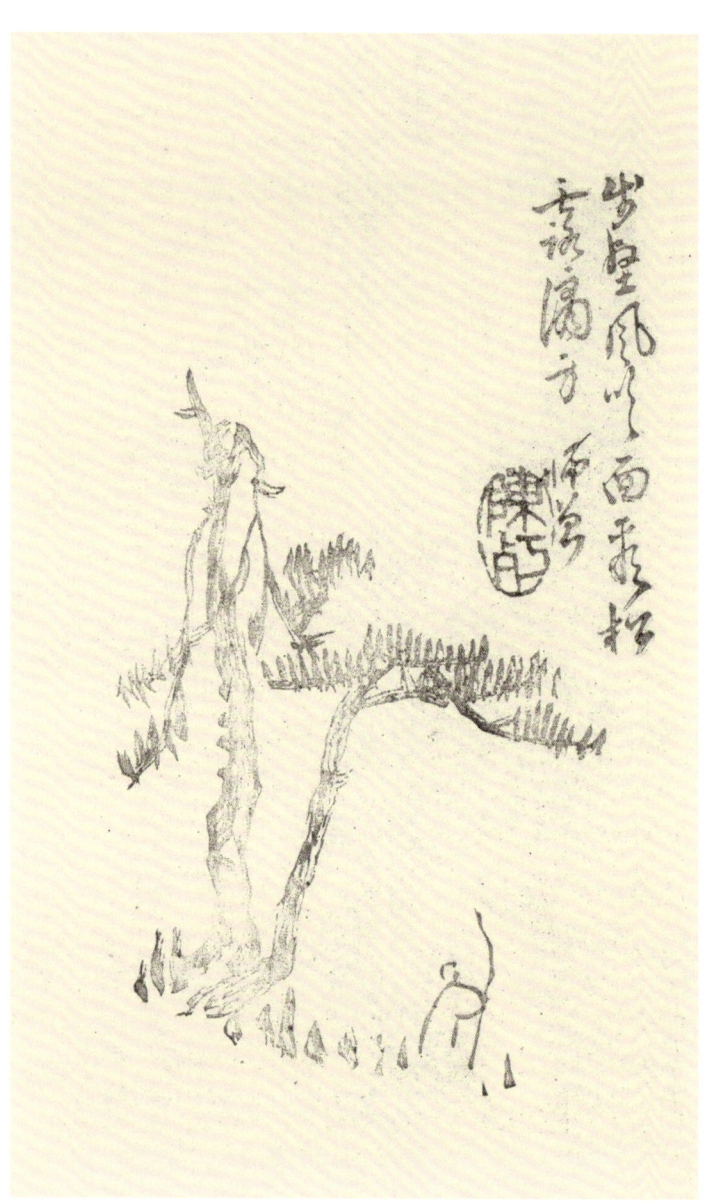

步輂风吹面

此笺选自本谱第四册"陈衡恪山水笺八种",淳菁阁制,刻者张启和。

笺画绘两株古松傲然而立,树下一人扶杖回首,忧国伤时之情跃然纸上,题诗"步輂风吹面,看松露滴身",拟杜甫《东屯北崦》诗意。

赏读

盗贼浮生困,诛求异俗贫。
空村惟见鸟,落日未逢人。
步輂风吹面,看松露滴身。
远山回白首,战地有黄尘。

唐·杜甫《东屯北崦》

泛兰舟

夕阳潭影间

此笺选自本谱第五册"溥儒山水笺四种",清秘阁制,刻者张东山。

溥儒,原名爱新觉罗·溥儒,恭亲王奕䜣之孙,初字仲衡,后改心畬,号松巢、羲皇上人。溥儒工书画,兼善山水、花鸟、人物,与张大千并称"南张北溥",又与吴湖帆并称"南吴北溥"。

笺画绘深秋时节,天地空旷,树木凋疏,一男子独立树下,作极目远眺状。题诗为"片石树阴下,夕阳潭影间",语出唐杜荀鹤《送僧》,原诗"夕阳"作"斜阳"。

溥儒笺画多以构图饱满、设色浓重取胜,此笺以花青、赭石两色为主色调,近处山势高耸,远处山峦起伏,虚实相间,颇有气势。随意点染的红叶和山苔,表现了深秋景象。

赏读

道了亦未了,言闲今且闲。
从来无住处,此去向何山。
片石树阴下,斜阳潭影间。
请师留偈别,恐不到人寰。

唐·杜荀鹤《送僧》

远色隐秋山

　　此笺选自本谱第五册"溥儒山水笺四种",清秘阁制,刻者张东山。

　　笺画所绘为秋高气爽时节,树木迎风作响,一牧童骑水牛背上,悠然吹笛,一派田园风光。此笺介于半工半写之间,画水牛、牧童用笔较为工致,绘树木、山石则大笔勾画,不拘细节。画面构图虚实相应,具有空旷辽远的意境。笺上题诗为"微阳下乔木,远色隐秋山",语出唐人马戴《落日怅望》。

赏读

孤云与归鸟,千里片时间。
念我一何滞,辞家久未还。
微阳下乔木,远色隐秋山。
临水不敢照,恐惊平昔颜。

唐·马戴《落日怅望》

晓烟孤屿外

此笺选自本谱第五册"溥儒山水笺四种",清秘阁制,刻者张东山。

笺画题跋为"晓烟孤屿外,归鸟夕阳中",语出唐刘威《早秋游湖上亭》。溥儒的山水笺用五彩,设色较为浓重,但画面整体仍显清丽,自成风格。

赏读

危亭秋尚早,野思已无穷。
竹叶一尊酒,荷香四座风。
晓烟孤屿外,归鸟夕阳中。
渐爱湖光冷,移舟月满空。

唐·刘威《早秋游湖上亭》

孤村凝片烟

此笺选自本谱第五册"溥儒山水笺四种",清秘阁制,刻者张东山。

笺画题跋"孤村凝片烟,去水生远白",出自唐钱起《登胜果寺南楼,雨中望严协律》。笺画中两舟鼓帆竞渡,远方树影横斜,使观者如有登高远眺之感。

赏读

微雨侵晚阳,连山半藏碧。
林端陟香榭,云外迟来客。
孤村凝片烟,去水生远白。
但佳川原趣,不觉城池夕。
更喜眼中人,清光渐咫尺。

唐·钱起《登胜果寺南楼,雨中望严协律》

142 | 泛兰舟

松籁泉声

此笺选自本谱第五册"章炳汉山水笺四种",静文斋制,刻者杨华庭。

章炳汉,生平无考,据云曾为清宫如意馆画师。

笺画题跋"松籁泉声",绘人物拄杖立于松林之下,驻足静听。松籁,即风吹松动,发出美妙的自然音韵,如宋林逋《深居杂兴六首》中有"隐居松籁细铮然,何独微之重碧鲜"之句。

赏读

泱泱寒流底处寻,但传幽响出空林。
石根云窦元多罅,松籁风簧共一音。
醉梦眠醒春枕熟,诗怀清彻夜窗深。
中郎别有清溪曲,更写潺湲入素琴。

元·张翥《乐平刘复初隐居四咏》其二

停琴待月

此笺选自本谱第五册"章炳汉山水笺四种",静文斋制,刻者杨华庭。

笺画题跋"停琴待月",绘一人临水坐于峭壁之下,以待月上东山之后抚琴长啸。后署"辛未秋八月为静文斋制笺",知此笺画作于1931年。

赏读

疲策倦人世,敛性就幽蓬。
停琴伫凉月,灭烛听归鸿。
凉薰乘暮晰,秋华临夜空。
叶低知露密,崖断识云重。
折荷葺寒袂,开镜眄衰容。
海暮腾清气,河关秘栖冲。
烟衡时未歇,芝兰去相从。

南朝(齐)·谢朓《移病还园示亲属诗》

《北京荣宝斋新记诗笺谱》是中华老字号荣宝斋在1949年以后根据民国时期《北平荣宝斋诗笺谱》刊刻的笺纸作品，内收齐白石、张大千、陈半丁、马晋、溥儒、吴待秋、徐操、颜伯龙、王梦白等名家之作二百幅。该笺谱代表了当时木刻水印的最高水平，被郑振铎称为"中国版画史上的计程碑之一"。

《北京荣宝斋新记诗笺谱》之山水笺

148 | 泛兰舟

咫尺千里

此笺选自本谱"陈半丁山水八种"。

陈半丁，名陈年，因其系孪生（其胞弟名易斋），故自号半丁。陈半丁平生斋号颇多，多以"半"字命名，如半翁、半叟、半痴等，而尤以半丁最广为人知。陈半丁十九岁时到上海谋生，从吴昌硕、任伯年、蒲华等名家学习书画篆刻，由于天资聪颖、勤奋过人，故能出类拔萃、自成一家。中年后长居北京，为北京画坛之重要人物。其画风典雅而不乏俏丽，生动而不失稳重。

笺画为陈半丁设色山水，构图巧妙，给人以尺幅千里之感，旁署"山阴陈年"。

赏读

来去甚行踪。身似舟孤事事容。日夜烟波何处了，渠侬。且趁时来一晌风。

时节太匆匆。反覆春秋燕又鸿。不信临江亭上望，香枫。霜在青林叶上红。

清·姚华《南乡子》其二

元子读书山

此笺选自本谱"陈半丁山水八种"。

笺画纯以淡墨为之,用笔粗犷简练,山石树木中掩映数间茅屋,给人以幽深静谧之感。笺上题诗为:"山头佛屋五三间,山势相连石岭关。名字不经从我改,便称元子读书山。"语出金人赵秉文。史载诗人元好问曾在山西忻州南面的系舟山读书,礼部尚书赵秉文甚爱其才。元好问的好友画家李平甫作系舟山画。赵秉文看后,有感元好问刻苦读书,精神可贵,便写下这首题画诗。此后,系舟山就被称为读书山。

赏读

天门笔势到闲闲,相国文章玉笋班。
从此晋阳方志上,系舟山是读书山。

金·元好问《初挈家还读书山杂诗二首》其一

绿野清阴

此笺选自本谱"陈半丁山水八种"。

陈半丁平生作画以花卉见长,但山水亦不输前人,往往寥寥数笔,即呈清幽深远之意境。此笺画题为"绿野清阴",画面为斜势构图,近山远树,曲径通幽,略加点染,即有平畴千里、起伏跌宕之感。

赏读

绕屋清阴合,缘堤绿草纤。
起蚕初放食,新麦已磨镰。
苦笋先调酱,青梅小蘸盐。
佳时幸无事,酒尽更须添。

宋·陆游《山家暮春二首》其一

古塘秋晓

此笺选自本谱"陈半丁山水八种"。

本幅笺画以简取胜。山石、古树居于画面左方,右方的茅亭和远山相映成趣,意境疏旷、淡远。画中大量留白,以显示水面的辽阔。

赏读

古塘秋晓净烟沙,篱落西风菊自花。
满目红尘无着处,半帘残日隔溪斜。

明·雷鲤《题画诗》

泛兰舟

江心泛舟

此笺选自本谱"陈半丁山水八种"。

笺画构图颇为独特,将主要景物尽绘于画面上方,山石、木桥、丛林浑然一体。笺中人物驾一叶扁舟,荡漾于烟波之上,神态悠闲,怡然自得。

赏读

武陵川路狭,前棹入花林。
莫测幽源里,仙家信几深。
水回青嶂合,云度绿溪阴。
坐听闲猿啸,弥清尘外心。

唐·孟浩然《武陵泛舟》

泛兰舟

云海青松

此笺选自本谱"陈半丁山水八种"。

笺画绘双松耸立岩石之上,躯干挺拔壮健,枝叶茂密,远山近景,浑然天成,给人以稳重安静之感,并含祝福长寿、康健之意。

赏读

松下问童子,言师采药去。
只在此山中,云深不知处。

唐·贾岛《寻隐者不遇》

泛兰舟

无数江帆远轴飞

此笺选自本谱"陈半丁山水八种"。

笺画为山水小景,近绘松林、沙洲、宝塔,远景为万帆竞渡之景,笺题"无数江帆远轴飞",化自明刘崧《题秋江小景》,原诗作"无数征帆逐雁飞"。后署"癸亥首夏陈年写",知此笺作于1923年初夏。

赏读

秋水无波净落晖,汀沙云树转依微。
望中一片潇湘意,无数征帆逐雁飞。

明·刘崧《题秋江小景》

清风徐来

此笺选自本谱"溥儒张大千合作山水三种"。

张大千与溥儒两人在绘画上都具有极深的造诣。他们二人的山水画风格迥异,一个疏朗洒脱,一个富贵雍容。1935年8月,北京琉璃厂集萃山房经理周殿侯首先提出"南张北溥"之说。张、溥二人亦惺惺相惜,多有合作,据说两人相见,往往并无太多交谈,而是对坐于画桌之前,各取数十枚素笺,先是各自任意挥洒,然后掷予对方,又各自在对方的画上或添人物、或补山石、或题字、或钤印,画毕则将所得画稿一分为二后作别。

这一组笺画均由溥儒绘风景,张大千补人物,珠联璧合,相得益彰。笺上款识"甲戌春",知此笺绘于1934年。

赏读

啜茗清风两腋生,西斋雅具惬幽情。
熏衣过后篝炉冷,展卷终时懒架横。
巢燕何曾择贫富,鸣鸠元不为阴晴。
但能与物俱无著,小草新诗取次成。

宋·陆游《初夏闲居八首》其五

泛兰舟

会当凌绝顶

  此笺选自本谱"溥儒张大千合作山水三种"。

  笺画以重彩绘山石、树木,以淡墨绘云烟缭绕,峰顶处有一人袖手远眺,神情飘逸,有傲视天下之意。

  该笺画依然由溥儒画树木山石,张大千补画人物,虚实相生,动静合宜,成一完美之作。

赏读

  岱宗夫如何?齐鲁青未了。
  造化钟神秀,阴阳割昏晓。
  荡胸生曾云,决眦入归鸟。
  会当凌绝顶,一览众山小。

唐·杜甫《望岳》

泛兰舟

野旷天低树

此笺选自本谱"溥儒张大千合作山水三种"。

笺画画面以三株树木为主,时为冬季,树叶尽脱,寒风袭来,枝柯摇曳,满目萧然;然旁有翠竹,生机勃勃,又给人以希冀。近景、远山呈动静相间、刚柔相济之态势。

赏读

移舟泊烟渚,日暮客愁新。
野旷天低树,江清月近人。

唐·孟浩然《宿建德江》

泛兰舟

登岸还入舟

此笺选自本谱"溥儒山水九种"。

笺画绘人物裹巾拄杖,作登岸游玩之态,神色安详,步态从容,后景为深山早秋,树叶半落。笺画题为:"登岸还入舟,水禽惊笑语。晚叶低众色,湿云带残暑。落日乘醉归,溪流复几许。"

赏读

谁到山中语,雨余风气秋。
烟岚出涧底,瀑布落床头。
至道亦非远,僻诗须苦求。
千峰有嘉景,拄杖独巡游。

唐·李山甫《早秋山中作》

松磴上迷密

此笺选自本谱"溥儒山水九种"。

笺画所绘山路崎岖,林木茂密,一人侧卧石凳之上,回首远处重峦叠嶂,有与天地精神相往来之志。题诗"松磴上迷密,云窦下纵横",语出南朝宋鲍照《登庐山诗二首》。

赏读

洞涧窥地脉,耸树隐天经。
松磴上迷密,云窦下纵横。
阴冰实夏结,炎树信冬荣。

南朝(宋)·鲍照《登庐山诗二首》其一(节选)

172 | 泛兰舟

野旷秋先动

此笺选自本谱"溥儒山水九种"。

笺画绘秋天旷野景象,树木稀疏,草木凋零,山川静谧,有肃杀之气。题诗"野旷秋先动,林高叶早残",语出南朝梁庾肩吾《赛汉高庙诗》,其意为空旷的原野上秋意首先萌动,高大的树木枝叶残败,凋落得早。该诗表面写秋风萧瑟,实乃对身世飘零、命途多舛的感叹。

赏读

昔在唐山曲,今承紫贝坛。
宁知临楚岸,非复望长安。
野旷秋先动,林高叶早残。
尘飞远骑没,日徙半峰寒。
徒然仰成诵,终用试才难。

南朝(梁)·庾肩吾《赛汉高庙诗》

风起洲渚寒

此笺选自本谱"溥儒山水九种"。

笺画题为"风起洲渚寒,云上日无辉",语出南朝宋鲍照《吴兴黄浦亭庾中郎别诗》。画面半工半写,或大笔披纷,或细笔勾勒,构图虚实相间,设色偏冷,给人以寒风瑟瑟、万木萧疏之感。

赏读

风起洲渚寒,云上日无辉。连山眇烟雾,长波迥难依。
旅雁方南过,浮客未西归。已经江海别,复与亲眷违。
奔景易有穷,离袖安可挥。欢觞为悲酌,歌服成泣衣。
温念终不渝,藻志远存追。役人多牵滞,顾路惭奋飞。
昧心附远翰,炯言藏佩韦。

南朝(宋)·鲍照《吴兴黄浦亭庾中郎别诗》

昏旦变气候

此笺选自本谱"溥儒山水九种"。

笺题"昏旦变气候,山水含清辉",语出南朝宋谢灵运《石壁精舍还湖中作》。笺上绘几株寒树立于岩石之上,与右方之悬崖峭壁遥相对应,动静相间,刚柔相济,远山以淡墨、花青点染,中间大量留白,笺面疏阔清朗。

赏析

昏旦变气候,山水含清晖。清晖能娱人,游子憺忘归。
出谷日尚早,入舟阳已微。林壑敛暝色,云霞收夕霏。
芰荷迭映蔚,蒲稗相因依。披拂趋南径,愉悦偃东扉。
虑澹物自轻,意惬理无违。寄言摄生客,试用此道推。

南朝(宋)·谢灵运《石壁精舍还湖中作》

赤壁之游

此笺选自本谱"张大千山水八种"。

张大千(1899—1983),原名正权,号大千,别号大千居士,斋号大风堂。张大千早年曾赴日本学习染织,后专事艺术,山水、人物、花鸟无一不能,而尤以山水成就卓著。张大千与其兄张善孖一同创立了"大风堂画派"。

笺画所绘为苏轼《后赤壁赋》赤壁之游场景。赤壁之下,小舟刚刚靠岸,苏东坡即迫不及待舍舟登山,令舟中之人纷纷注目。

赏读

于是携酒与鱼,复游于赤壁之下。江流有声,断岸千尺;山高月小,水落石出。曾日月之几何,而江山不可复识矣。予乃摄衣而上,履巉岩,披蒙茸,踞虎豹,登虬龙,攀栖鹘之危巢,俯冯夷之幽宫。

宋·苏轼《后赤壁赋》(节选)

180 | 泛兰舟

寒江独钓

此笺选自本谱"张大千山水八种"。

张大千所绘笺画以淡雅精到著称,此笺以工致之笔画树木,以写意之笔画远山,又以细笔绘渔翁、小舟,画面简净舒朗,意境深远。旁署"大千居士写于摩邪室"。

赏读

千山鸟飞绝,万径人踪灭。
孤舟蓑笠翁,独钓寒江雪。

唐·柳宗元《江雪》

泛兰舟

秋树读书图

此笺选自本谱"张大千山水八种"。

笺画题为"秋树读书图"。画中一人端坐树下,捧书而读,面前流水潺潺,有空旷、静穆之意境。春楼听雨,秋树读书,常被视为文士之趣。

赏读

张子扇头水墨痕,画我读书秋树根。
天涯对此各感慨,我未成归子苦奔。
空谷白驹形影瘦,南山玄豹风尘昏。
孔明庙前老柏树,商声激越歌无句。
门外仆夫引西路,点苍璘璘莽回互。

明·杨慎《题扇赠张愈光》

归去来兮

此笺选自本谱"张大千山水八种"。

笺画题为"舟摇摇以轻飏",所绘即为陶渊明《归去来兮辞》之情境。

陶渊明以志向高洁自命,不愿在官场同流合污,更不愿为五斗米折腰,因此只做了很短一段时间的彭泽令即挂冠而去,回归田园。此中归隐之意也在《归去来兮辞》中反映得淋漓尽致。张大千深知此文意旨,故涉笔成画。

赏读

归去来兮,田园将芜胡不归?既自以心为形役,奚惆怅而独悲?悟已往之不谏,知来者之可追。实迷途其未远,觉今是而昨非。舟摇摇以轻飏,风飘飘而吹衣。问征夫以前路,恨晨光之熹微。

晋·陶渊明《归去来兮辞》(节选)

泛兰舟

江上清风

此笺选自本谱"张大千山水八种"。

笺画所绘为苏轼《前赤壁赋》中苏轼与朋友泛舟游赤壁的场景。画面右上为绝岸峭壁,中有小舟横于江心,船夫一人,客三人。笺纸中央有大片留白,不绘水纹,以示原赋"水波不兴"之意。笺题"大千居士写于大风堂下"。

赏读

壬戌之秋,七月既望,苏子与客泛舟游于赤壁之下。清风徐来,水波不兴。举酒属客,诵明月之诗,歌窈窕之章。少焉,月出于东山之上,徘徊于斗牛之间。白露横江,水光接天。纵一苇之所如,凌万顷之茫然。浩浩乎如冯虚御风,而不知其所止;飘飘乎如遗世独立,羽化而登仙。

宋·苏轼《前赤壁赋》(节选)

接天縱一葦之所如凌
萬頃之茫然浩
浩乎如馮虛
御風而不知其
所止飄飄乎如
遺世獨立羽化而
登仙

節錄橫于赤壁
賦寄辛丑孟冬
古雲之如書

古笺风雅·泛兰舟

壬戌之秋七月
既望，苏子与客
泛舟游于赤壁之下。
清风徐来，水波
不兴。举酒属客，
诵明月之诗，
歌窈窕之章。

女曰：
月出于东门之上

责任编辑：赵文博
装帧设计：张　磊
责任校对：王君美
责任印制：汪立峰
书　　法：景迪云

图书在版编目（CIP）数据

泛兰舟 / 刘璁编著. -- 杭州 : 浙江摄影出版社, 2020.8
　（古笺风雅）
　ISBN 978-7-5514-2113-3

Ⅰ.①泛… Ⅱ.①刘… Ⅲ.①散文集－中国－当代 Ⅳ.①I267

中国版本图书馆CIP数据核字(2020)第142966号

GUJIANFENGYA FANLANZHOU
古笺风雅
泛兰舟

刘　璁　编著

全国百佳图书出版单位
浙江摄影出版社出版发行
　　地址：杭州市体育场路347号
　　邮编：310006
　　电话：0571-85151082
　　网址：www.photo.zjcb.com
制版：杭州真凯文化艺术有限公司
印刷：杭州捷派印务有限公司
开本：889mm×1194mm 1/32
印张：6.5
2020年8月第1版　2020年8月第1次印刷
ISBN 978-7-5514-2113-3
定价：48.00元

古笺风雅·泛兰舟

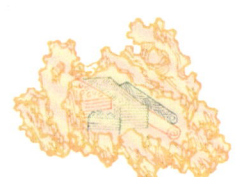